25 MAI 1886

8

V

VENTE IMPORTANTE

EN VERTU D'ORDONNANCE

DE

MEUBLES ANCIENS

ET DE STYLE

DES XVe, XVIe, XVIIe ET XVIIIe SIÈCLES

SCULPTURES EN BOIS, EN MARBRE & TERRE CUITE

Fers forgés, Cuivres, Faïences

BIJOUX EN OR ÉMAILLÉ DU XVIe SIÈCLE

ORFÈVRERIE

TOILES DÉCORATIVES — TABLEAUX

EXPOSITION PUBLIQUE

LE LUNDI 24 MAI 1886

de une heure à cinq heures.

COMMISSAIRES-PRISEURS

Me LÉMON	**Me TUAL**
5, rue Drouot, 5.	56, rue de la Victoire, 56.

EXPERTS

M. CH. MANNHEIM	**M. B. LASQUIN**
7, rue Saint-Georges, 7.	12, rue Laffitte, 12.

CATALOGUE

D'UNE IMPORTANTE COLLECTION

DE

MEUBLES ANCIENS

ET DE STYLE

Crédences, Stalles, Dressoirs, Cabinets, Coffres, Tables, Sièges
Cheminées en bois sculpté et incrusté des xv°, xvi°, xvii° et xviii° siècles
Belle Porte monumentale du xvi° siècle — Boiserie de salon Louis XIV
Sculptures en marbre et en terre cuite
Cheminées Renaissance, Statues, Bustes, Vases
Fers forgés, Cuivres, Lustres, Lampadaires — Faïences, Verrerie de Bohême

BIJOUX EN OR ÉMAILLÉ DU XVI° SIÈCLE

ORFÈVRERIE DE LA MÊME ÉPOQUE

Objets de vitrine — Toiles décoratives — Tableaux — Anciens tapis de Perse
Objets variés

DONT LA VENTE AURA LIEU EN VERTU D'ORDONNANCE

HOTEL DROUOT, SALLE N° 1

Les Mardi 25, Mercredi 26, Jeudi 27 et Vendredi 28 Mai 1886

à deux heures

COMMISSAIRES-PRISEURS

M° LÉMON
5, rue Drouot, 5

M° TUAL
56, rue de la Victoire, 56

EXPERTS

M. CH. MANNHEIM
7, rue Saint-Georges, 7

M. B. LASQUIN
12, rue Laffitte, 12

Chez lesquels se trouve le présent Catalogue.

EXPOSITION PUBLIQUE

Le Lundi 24 Mai 1886, de 1 h. à 5 h. 1/2.

CONDITIONS DE LA VENTE

Elle sera faite au comptant.

Les acquéreurs paieront en sus des enchères *cinq pour cent*, applicables aux frais.

L'exposition mettant le public à même de se rendre compte de l'état des objets, il ne sera admis aucune réclamation une fois l'adjudication prononcée.

Paris. — Imp. de l'Art. E. Ménard et J. Augry, 41, rue de la Victoire.

DÉSIGNATION DES OBJETS

BIJOUX

1 — Bijou en or émaillé, à rinceaux et fleurons de couleur sur fond blanc ; il se compose d'une croix circonscrite dans un quadrilobe. Le revers est incrusté de cristaux-tables et il se termine à sa partie inférieure par une perle baroque. XVIe siècle.

2 — Bijou analogue à celui qui précède.

3 — Statuette de Vierge en or émaillé, dont la base est enrichie de rubis et placée dans une auréole émaillée rouge et dans un cadre ovale en or gravé, émaillé à fond blanc, entouré de perles fines. XVIe siècle.

4 — Bijou-pendentif formé d'un pélican aux ailes déployées, en or émaillé, tenant dans ses pattes deux perles pendeloques. Espagne, premières années du XVIIe siècle.

5 — Bijou du XVIe siècle, formé d'un petit navire en or émaillé, auquel sont suspendues trois perles fines.

6 — Bijou analogue à celui qui précède ; la coque du navire est en cristal de roche.

7 — Bijou-pendentif formé d'un cheval marin en or conservant des traces d'émail. xvie siècle.

8 — Bijou-reliquaire en forme de cœur, en or émaillé et découpé à jour. xvie siècle.

9 — Bijou-pendentif formé d'un camée ovale sur agate à deux couches, entouré d'ornements découpés à jour, en or émaillé, et de fleurons enrichis de pierreries. xvie siècle.

10 — Collier composé de fleurons en or émaillé, découpés à jour, enrichis de chatons ornés de pierres de couleur et garnis de pendeloques en perles.

11 — Deux peintures églomisées sur cristal et représentant des sujets religieux montés dans un médaillon ovale en largeur, en or ciselé et émaillé à fond vert. Espagne, xvie siècle.

12 — Bijou-pendentif composé d'entrelacs de feuillages en argent ciselé et doré et enrichi de rubis. Époque Louis XIII.

13 — Bague du temps de Louis XV, en or ciselé, enrichie de fleurs exécutées en rubis et chatons ornés de cristal taillé.

14 — Bague formée d'un camée sur sardonyx à deux couches : lion passant, entouré de diamants-tables et de rubis.

15 — Bouquet de fleurs pour coiffure, exécuté en diamants-tables, rubis et autres pierres, monté en argent.

16 — Deux pendants en argent et roses ; les pendeloques sont en strass.

17 — Petit bijou en or émaillé et roses, orné d'une figure de saint Jérôme en prière. XVIIe siècle.

18 — Croix en argent gravé, enrichie de pierreries. Travail moderne.

19 — Petit médaillon du XVIe siècle, en argent ciselé et doré, composé d'ornements, de figurines et de mascarons.

20 — Porte-croix en or gravé et émaillé bleu, avec crucifix rapporté en émail blanc; elle se termine par deux perles fines. XVIIe siècle.

21 — Camée sur agate, à deux couches : tête d'homme de profil à droite; monture en or.

22 — Étui à pans, en cristal de roche, contenant divers ustensiles en cuivre doré.

23 — Tablettes d'ivoire placées entre deux plaques d'argent gravé, avec cadran mobile formant calendrier perpétuel. Époque Louis XIII.

24 — Miniature rectangulaire sur ivoire, par Charlier : Léda, à demi couchée.

25 — Petite buire en cristal de roche gravé, garnie d'une monture en argent émaillé dans le style de la Renaissance.

26 — Plaque de bracelet en argent ciselé et doré, sujet de bataille, mascarons et ornements. XVIIIe siècle.

27 — Petit coffret oblong en cuivre doré, avec serrures et quatre pènes. (Signé : *Conradt Maun.*)

28 — Collier en strass et argent, à rosaces et fleurs.

29 — Six étuis en vernis Martin, à décor varié. (Ce lot sera divisé.)

30 — Collier composé de fleurons en argent et roses.

OBJETS EN ÉCAILLE ET EN NACRE

31 — Coffret oblong en écaille piquée et posée d'or, à fleurs, oiseaux et ornements ; il renferme quatre flacons de cristal avec bouchons d'écaille, et trois cassolettes forme œuf, également en écaille percée et piquée d'or. Travail napolitain du XVIIe siècle.

32 — Coffret analogue au précédent. Celui-ci présente, dans des paysages, des monuments variés. Mêmes travail et époque.

33 — Coffret oblong et à contours, en écaille piquée et posée d'or et enrichie d'incrustations de nacre gravée, à personnages, sujets de chasse et ornements. Mêmes travail et époque.

34 — Écritoire formée d'un plateau oblong et de deux godets, à couvercle en écaille posée d'or et incrustée de nacre.

35 — Plateau oblong accompagné de deux tasses couvertes et de deux soucoupes en écaille blonde piquée et posée d'or gravé.

36 — Plateau oblong à angle coupé, en écaille posée et piquée d'or, incrusté de nacre gravée et décoré d'un buste de femme, de cariatides et d'ornements.

ÉVENTAILS

37 — Éventail Louis XV, à monture de nacre rehaussée de peintures et de dorures avec feuille peinte sur ses deux faces, représentant des sujets mythologiques.

38 — Éventail à monture de nacre finement gravée, et feuille peinte représentant un sujet biblique.

39 — Éventail Louis XV, rehaussé de peintures et de dorures. La feuille représente un sujet biblique.

ORFÈVRERIE

40 — Très grande croix processionnelle en argent, décorée de mascarons dans des cartouches ornés de groupes de fruits et de médaillons représentant les symboles des Évangélistes et des sujets tirés de la vie du Christ. Un crucifix a été rapporté sur une de ses faces ; l'autre présente une figure de Vierge debout dans sa gloire. Espagne. XVIe siècle.

41 — Nœud de croix en argent ciselé, composé de dais gothiques et de contreforts découpés à jour et à deux étages superposés. Sous chacun des dais se voit une figure d'apôtre ou d'ange rapportée en bas-relief. XVIe siècle.

42 — Grande croix processionnelle en argent repoussé et ciselé à fleurons et chardons, et décorée au pourtour de branches d'ornements découpés. Elle présente sur chacune de ses faces des parties dorées en réserve qui offrent dans des médaillons quadrilobés les symboles des Évangélistes et des figures de saints. Sa face principale est décorée d'un crucifix rapporté en relief ;

la face opposée est décorée d'une figure de saint André. La douille, ainsi que le nœud sphérique, présente des fleurons en relief. Le nœud est de plus enrichi de huit médaillons ronds d'argent doré, représentant des bustes d'apôtres finement gravés. XVIe siècle.

43 — Une très grande croix processionnelle en argent repoussé, décorée sur ses deux faces de médaillons, de groupes de fruits et d'ornements en relief et présentant sur sa face principale un crucifix rapporté en argent. Cette croix repose sur un monument à deux étages, décoré de niches séparées par des cariatides et des colonnettes détachées. La douille gravée est surmontée d'un panache à volute servant de base à un culot décoré de têtes de chérubins en relief. XVIe siècle.

44 — Calice en argent doré à culots et nœuds gothiques, et pieds décorés de figures et d'ornements en relief. Espagne. XVe siècle.

45 — Deux flambeaux en argent du temps de Louis XV, modèle à balustre et pieds à cannelures et aubes.

PORCELAINES ET FAIENCES

46 — Deux grandes potiches en ancienne porcelaine du Japon, à décor bleu, rouge et or avec parties laquées.

47 — Très grand vase de jardin du temps de Louis XIV, en faïence blanche, orné de deux mascarons, de guirlandes de feuilles de chêne avec couvercle entouré d'un tore de feuillage et surmonté d'un artichaut.

48 — CASTEL-DURANTE. Trois cornets à décor polychrome de trophées sur fond bleu.

49 — CASTEL-DURANTE. Cinq vases à anse et goulot, de décor analogue.

50 — CASTEL-DURANTE. Vase de pharmacie, à fond bleu, décor de trophées et d'armures.

51 — SAVONE. Vase ovoïde à deux anses, décoré de mascarons en relief.

52 — CASTEL-DURANTE. Deux vases de pharmacie, décorés de figures et de trophées jaune d'ocre sur fond bleu.

53 — Plat hispano-arabe, en faïence à reflets, encadré de bois noir.

54 — Plat analogue au précédent.

55 — Quatre plats hispano-moresques, à reflets. XVIe siècle.

VERRERIE

56 — Environ soixante carafes, carafons et burettes en ancien verre de Bohême doré. (Ce lot sera divisé.)

57 — Environ cinquante gobelets de diverses grandeurs, en ancien verre de Bohême doré. (Ce lot sera divisé.)

58 — Environ soixante verres à pied, en verre de Bohême doré. (Ce lot sera divisé.)

59 — Trois coupes rondes sur piédouches, en ancien verre de Venise.

60 — Trois flacons en verre de Venise, dont deux en forme d'animaux.

BRONZES D'ART ET D'AMEUBLEMENT

61 — Buste d'homme, grandeur naturelle. Bronze du XVIe siècle.

62 — Deux candélabres Louis XVI, composés chacun d'une figure de femme debout, en bronze doré au mat, sur un socle en marbre blanc orné de guirlandes.

63 — Deux flambeaux Louis XVI, à boucs en bronze doré.

64 — Petite pendule Louis XVI, ornée de peintures attribuées à Lagrénée et de moulures en bronze doré.

65 — Deux chenets Louis XVI, en bronze doré, modèle à vase avec guirlandes.

66 — Deux appliques Louis XV, en bronze ciselé et doré, à sept branches porte-lumières, garnies de perles, d'olives et de pendeloques en cristal de roche.

LUSTRES

67 — Lustre Louis XIV, à neuf lumières, composé de pièces d'enfilages, de pyramides, avec plaquettes en cristal de Bohême.

68 — Lustre Louis XIV, à six lumières, analogue au précédent.

69 — Très grand lustre Louis XIII, à dix-huit lumières, en cuivre jaune, à rinceaux et surmonté d'une figure casquée, montée sur un dauphin.

CUIVRES ET ÉTAINS

70 — Jardinière ou vasque ovale du temps de Louis XIII, en cuivre battu, reposant sur quatre pieds-griffes et ornée de deux mufles de lion, à poignées mobiles.

71 — Vasque ronde en cuivre rouge battu, repoussé à godrons.

72 — Jardinière ovale, à bord festonné, en cuivre repoussé et argenté; elle repose sur quatre griffes et est garnie de deux anses têtes de satyres, à anneaux mouvants.

73 — Deux très grands flambeaux en cuivre, à tige balustre à moulures. Fin XVIe siècle.

74 — Vasque en cuivre rouge, repoussé à godrons, et à couvercle surmonté d'un vase rapporté.

75 à 77 — Trois paires d'appliques du temps de Louis XIV, en cuivre repoussé et argenté; elles sont garnies d'un bras porte-lumières en bronze.

78 — Grande vasque ronde, à couvercle en cuivre rouge repoussé à godrons.

79 — Petit arrosoir en cuivre repoussé, du temps de Louis XIII, décoré d'imbrications.

80 — Deux grands flambeaux Louis XIII, en cuivre gravé et à décor de godrons.

81 — Deux petits chenets Louis XIV, en cuivre, formés d'un vase à godrons et entrelacs, supporté par un piédestal carré à médaillon buste.

82 — Deux flambeaux du XVIe siècle, en cuivre gravé, à tige balustre.

83 — Grand plat italien en cuivre, entièrement couvert de sujets gravés à figures et ornements.

84 — Aiguière italienne en cuivre repoussé et argenté, représentant des animaux et des oiseaux dans des ornements.

85 — Cafetière orientale en cuivre gravé.

86 — Vingt petits plats à bordure contournée, en étain.

87 — Grande vasque ovale en cuivre rouge repoussé à godrons et à deux anses : têtes chimériques tenant un anneau mobile.

88 — Vasque ovale en cuivre jaune, à quatre pieds griffes de lion et deux anses formées d'ornements rocaille.

89 — Fontaine en forme de vase ovoïde, en cuivre jaune, avec goulot tête fantastique et robinet tenu par un mascaron. XVIIe siècle.

90 — Deux seaux à rafraichir, en cuivre argenté. Louis XIV.

91 — Brasero en cuivre découpé, de forme circulaire, avec couvercle en forme de dôme, surmonté d'un oiseau.

92 — Petite lanterne Louis XIII, de forme carrée, avec colonnettes aux angles.

93 — Lanterne vénitienne de forme octogonale, en cuivre découpé, garnie de verres bleus.

94 — Grand bassin oriental en cuivre jaune, couvert d'ornements arabesques et de caractères gravés. XVIe siècle.

95 — Grande aiguière de forme orientale, en cuivre repoussé à spirales, et grand plat en cuivre repoussé à godrons.

96 — Vase de forme ronde à piédouche, en cuivre repoussé à godrons et frise d'ornements avec figures portant, dans un cartouche, la date de 1614.

97 — Brasero en cuivre à moulures contournées, à couvercle découpé et reposant sur trois pieds, avec son plateau également en cuivre jaune.

98 — Petit plat en étain, à bord festonné, décoré d'armoiries des divers cantons de la Suisse. XVIe siècle.

99 — Petit plat analogue au précédent, décoré d'armoiries.

100 — Deux petits plats en étain, décorés de figures de saints personnages dans des médaillons.

FERS OUVRÉS

101 — Deux grilles de balcon, du temps de Louis XIII, en fer forgé, ornées de têtes d'enfants appliquées sur des enroulements.

102-103 — Deux paires de grands candélabres de forme triangulaire, en fer forgé. XVIIe siècle.

104 — Deux grands landiers du XVIe siècle, en fer forgé, avec rinceaux supportant des corbeilles.

105 — Grands landiers analogues aux précédents.

106 à 111 — Six paires de landiers en fer forgé des XVIe et XVIIe siècles. (Seront vendus séparément.)

112 — Grands landiers à corbeilles et galerie en fer forgé du XVIe siècle.

113 — Six supports à trépied en fer forgé de travail italien. (Ce lot sera divisé.

114 — Bouclier en fonte, représentant des combats de cavaliers. Style du XVIe siècle.

OBJETS VARIÉS

115 — Petit rouet du temps de Louis XIII, en bois tourné.

116 — Coffret rectangulaire en cuir ouvragé, de l'époque Louis XIII, couvert de rinceaux et d'oiseaux, garni de ferrures du temps : écoinçons, pentures et charnières.

117 — Ostensoir à base octogonale et tige balustre en cuivre doré incrusté de corail. Travail italien du XVIIe siècle.

118-119 — Deux petits cabinets en laque rouge de Pékin.

MARBRES ET TERRES CUITES

120 — Deux très belles colonnes torses en marbre blanc incrusté de mosaïque de verre de couleurs à rosaces et damiers, de style vénitien du XVe siècle, avec chapiteaux corinthiens en marbre blanc.

121 — Buste d'homme grandeur plus que nature à tête en marbre rouge, avec tunique et manteau en marbre blanc sculpté avec trophée d'attributs de musique.

Monté sur un piédouche en marbre rouge. XVIIe siècle.

122 — MARBRE BLANC. Buste de jeune femme, figure allégorique; chevelure ornée de perles et d'une coquille.

123 — Buste en marbre, attribué à Pajou.

124 — MARBRE BLANC. Haut-relief de forme ronde, en marbre blanc sculpté : la Vierge et l'Enfant Jésus. XVIe siècle.

125 — TERRE CUITE. Statue de nymphe debout, tenant une aiguière et une coupe. Terre cuite du XVIIIe siècle.

126 — TERRE CUITE. Deux vases de jardin, forme ovale, à deux anses têtes de béliers et guirlandes de fleurs. Le couvercle surmonté d'une flamme. XVIIIe siècle.

127 — MARBRE BLANC. — Buste de femme, la tête couverte d'une draperie et avec une ceinture ornée d'un mascaron. XVIIIe siècle.

128 — MARBRE BLANC. Buste d'homme, les épaules couvertes par une draperie. Pendant du précédent.

129 — TERRE CUITE. Deux vases de forme Médicis, à couvercle, offrant en bas-relief des figures de nymphes, de satyres et d'enfants.

130-131 — TERRE CUITE. Deux statues grandeur nature : Chinois et Chinoise, assis sur un coussin et tenant une corbeille.

132 — Deux montants de cheminée, en forme de consoles à volutes, ornés de mascarons fantastiques et se terminant en gaines.

Marbre blanc sculpté du XVIe siècle.

133 — MARBRE BLANC. Grand buste de Vénus, sur piédouche carré.

134 — MARBRE BLANC. Grand buste de Diane, sur piédouche carré.

135 — Deux petites vasques ovales en albâtre sculpté à godrons et mascarons. XVIIe siècle.

136 — TERRE CUITE. Groupe : Milon de Crotone renversé, dévoré par le lion.

137 — PIERRE. La Vierge portant l'Enfant Jésus. XVIe siècle.

138 — MARBRE BLANC. Bas-relief ovale : Jupiter sur un char traîné par des lions. XVIIe siècle.

139 — TERRE CUITE. Quatre statuettes d'enfants personnifiant quatre parties du monde : l'Europe, l'Afrique, l'Amérique et l'Asie. XVIIe siècle.

140 — MARBRE BLANC. — Buste de Cérès, grandeur nature. XVIIe siècle.

141 — MARBRE BLANC. Buste d'homme grandeur nature, revêtu d'une peau de bête. XVIIe siècle.

142 — MARBRE BLANC. Deux bas-reliefs de forme ovale, représentant la Vierge et l'ange Gabriel en buste. Travail italien.

143 — Marbre blanc. Buste d'homme coiffé d'une barrette et revêtu d'un surplis. Travail italien du xvie siècle.

144 — Pierre. Deux colonnes cannelées, ornées d'un cartouche en bas-relief et surmontées de chapiteaux à mascarons, volutes et roses; ces colonnes, qui sont peintes en blanc, reposent sur un piédestal carré.

145 — Terre cuite. Un vase Louis XVI, décoré de festons de lauriers rattachés à des mufles de lion et encadrant un médaillon, buste de femme.

146 — Terre cuite. Deux groupes : la Paix et la Guerre. Signés : *Leroy fecit 1771.*

147 — Deux statuettes d'enfants personnifiant l'Été et l'Automne.

148 — Bas-relief en marbre blanc, sujet tiré de l'histoire romaine.

149 — Gaine en marbre brèche à base et corniche en marbre campan.

150 — Petit mortier en porphyre rouge oriental.

151 — Mortier octogone en porphyre rouge oriental.

152 — Lampe en marbre noir sculpté à godrons. xviie siècle.

SCULPTURES EN BOIS

153 — Belle frise du temps de Louis XIII en bois sculpté et doré, à rinceaux feuillagés têtes d'enfants, et présentant au centre une plaque centrale en marbre noir gravée à inscription.

154 — Deux figures de prophètes à mi-corps, de grandeur naturelle, tenant chacun une tablette.

155 — Haut-relief en bois sculpté du XVIe siècle : l'Adoration des Mages.

156 — Grand groupe d'applique en bois sculpté du XVIe siècle : le Portement de croix.

157 à 162 — Six belles frises du XVIe siècle, en bois de noyer et en bois de chêne sculpté, à rinceaux, figures et animaux fantastiques. (Seront vendues séparément.)

163 — Beau panneau en hauteur, en bois sculpté en haut-relief du XVIe siècle, représentant, au bas, deux figures sous des arceaux surmontés d'autres figures d'enfants et de cariatides tenant un cartouche.

164 — Bas-relief représentant une figure de saint Marc, évangéliste, debout, tenant un livre. XVIe siècle.

165 — Joli bandeau de cheminée ou de porte, du XVIe siècle, en chêne sculpté en bas-relief, représentant une frise de rinceaux avec figures d'enfants, dauphins et oiseaux.

166 — Deux petites portes de meuble de style Renaissance, à motifs d'enroulements et d'oiseaux.

167 — Trois petits panneaux du XVIe siècle, en noyer sculpté, à têtes d'enfants, cornes d'abondance et oiseaux.

168 — Trois autres petits panneaux du XVIe siècle, sculptés, à médaillons bustes au milieu d'ornements feuillagés.

169 — Figure d'Hercule assis, grandeur petite nature, en bois sculpté. XVIIe siècle.

170 — Figure de Mars assis, grandeur petite nature, en bois sculpté. XVIIe siècle.

171 — Figure de femme assise, drapée, en bois sculpté. XVIIe siècle.

172 — Figure du Temps, grandeur petite nature, en bois sculpté. Même travail.

173 — Figure d'un docteur assis, tenant un livre ouvert, et un groupe têtes de chien et de lion.

174 — Groupe en bois sculpté et peint du XVIe siècle : la Vierge assise portant l'Enfant Jésus.

175 — Deux portes de meuble, composées chacune de trois panneaux sculptés en bas-relief, représentant des animaux fantastiques accouplés et des ornements. XVIe siècle.

176 — Groupe d'applique en bois sculpté : Saint Michel terrassant le démon.

177 — Statuette d'évêque coiffé de la mitre, drapé dans un manteau. XVIe siècle.

178 — Statuette de personnage debout, à longue chevelure, coiffé d'une toque et drapé dans un manteau. XVIe siècle.

179 — Statuette de la Vierge debout, les mains croisées sur la poitrine. XVIe siècle.

180 — Lion héraldique assis, tenant un écusson.

181 — Petite statuette de la Vierge debout, portant l'Enfant Jésus et tenant un livre. XVIe siècle.

182 — Petit groupe de deux cavaliers sur un chapiteau, en noyer sculpté du XVIe siècle.

183 — Groupe en chêne sculpté, représentant un évêque assis devant un pupitre et un ange qui lui présente une coquille. XVIe siècle.

184 — Deux pieds de consoles, formés chacun d'une volute enguirlandée de fruits, terminée à la partie supérieure par une tête chimérique. XVIe siècle.

185 — Haut-relief représentant saint Joseph portant l'Enfant Jésus, dans une auréole elliptique portée par six figures d'anges. XVe siècle.

186 — Torchères Louis XIII, en noyer sculpté, à figure d'enfant, rinceaux et trépied à volutes.

187 — Buste de femme en bois sculpté, doré et peint. Époque Louis XIII.

188 — Trois têtes de portemanteaux suisses, formées de figurines en bois sculpté et peint : Joueur de tambour, Joueur de flûte et Buveur.

PORTE MONUMENTALE

189 — Magnifique porte monumentale du XVIe siècle, en chêne sculpté. Les montants sont formés de cariatides d'hommes engainés et supportent un entablement orné de bas-reliefs et de mufles de lion; le battant est décoré de bas-reliefs finement sculptés à rinceaux feuillagés et oiseaux; il est surmonté de deux médaillons, bustes de guerriers. Œuvre remarquable de travail flamand.

BOISERIE LOUIS XIV

190 — Belle boiserie de salon du temps de Louis XIV, en chêne sculpté, à motifs d'ornements à coquilles finement sculptés et moulures.

CHEMINÉES EN MARBRE

191 — Jolie cheminée Renaissance en pierre de Florence sculptée très finement. Les montants sont décorés de candélabres entremêlés d'oiseaux et de feuillages et surmontés de chapiteaux. Le bandeau représente une belle frise de rinceaux de feuillages, dans lesquels se jouent des figures de faunes. Italie. XVIe siècle.

192 — Petite cheminée analogue à la précédente, de même travail et de même époque.

193 — Pierre de Florence. Grande cheminée du temps de la Renaissance, en pierre de Florence sculptée et granit. L'entablement, supporté par des colonnes de granit, offre des figures ailées et engainées dans des enroulements feuillagés. Parties modernes.)

MEUBLES ANCIENS & DE STYLE

194 — Petit meuble à deux corps, à quatre portes et à deux tiroirs, en bois de noyer sculpté, entrelacs de fleurons. XVIe siècle.

195 — Coffret oblong, à couvercle cintré, incrusté d'ébène et d'ivoire à damiers.

196 — Crédence Louis XIII, en chêne sculpté incrusté de plaquettes de marbre, à colonnettes et pilastres, offrant sur la porte un bas-relief et deux cariatides, et sur les montants deux statuettes de l'Abondance dans des niches.

197 — Belle et grande stalle en noyer sculpté, de style Renaissance, d'une riche ornementation à rinceaux, têtes chimériques, cornes d'abondance, dauphins, avec moulures d'encadrements à oves et tresses.

198 — Grand meuble Renaissance à deux corps et à quatre vantaux séparés par deux tiroirs; ces vantaux, couverts d'entrelacs et de feuillages, sont encadrés de moulures ornées et séparés par des pilastres cannelés. La corniche qui couronne ce meuble est supportée par des modillons.

199 — Grande et belle stalle style Renaissance, en noyer sculpté, supportée par des volutes à griffes de lion. Accotoirs à balustres et dossiers à cariatides engainées avec cartouche d'ornements.

200 — Grande crédence gothique en bois sculpté, à panneaux représentant des fenestrages à nervures ogivales et garnis de ferrures découpées. Elle ouvre à deux battants et deux tiroirs.

201 — Cabinet hispano-moresque ouvrant à abattant, garni à l'intérieur de nombreux tiroirs à colonnettes et plaquettes en os avec rehauts d'or.

L'abattant est garni d'appliques découpées et dorées, avec beau fermoir, poignées et verrous en fer forgé et doré.

Il repose sur un corps inférieur à quatre tiroirs décorés de moulures en losange.

202 — Dressoir Renaissance en noyer, à deux corps supportés par des colonnettes et à fond plat.

203 — Portemanteau-porte-cannes en bois sculpté de style Renaissance, décoré de cariatides, festons de feuillages. Il est surmonté d'un couronnement cintré à rinceaux et mufles de lion.

204-205 — Quatre colonnes torses du temps de Louis XIII, en bois sculpté et doré, à figures d'enfants, pampres et oiseaux. Elles sont surmontées de chapiteaux corinthiens.

206 — Cabinet du XVIIe siècle, ouvrant à abattant, garni à l'intérieur de tiroirs plaqués d'ébène et incrustés de fines arabesques en os de caractère oriental.

207-208 — Deux petites tables de jeu en noyer, à ceinture décorée de godrons, à pieds fuselés, reliés par une arcature.

209 — Coffre du XVIe siècle, offrant sur la face des arabesques, des enfants, des bossages et des moulures à godrons; les montants sont cannelés.

210 — Table Henri II en bois de noyer, à montants en forme d'arcades, à pieds droits et pilastres cannelés.

211 — Coffret du temps de Louis XIII, en marqueterie de bois, à vases de fleurs et rinceaux.

212 — Table flamande en bois de chêne, à pieds balustres, reliés par des traverses.

213 — Table en certosine, pieds à tréteaux.

214 — Table Louis XIII en noyer, à pieds tors évidés.

215 — Table du temps de Louis XIII, à allonges en marqueterie de bois clair, à décor de rinceaux avec dessus incrusté d'une tablette d'ardoise. Travail suisse.

216 — Coffret rectangulaire en mosaïque de bois, dit certosine, de travail vénitien du XVIe siècle ; à l'intérieur, des réduits et des tiroirs également marquetés.

217 — Cabinet du temps de Louis XIII, en marqueterie de bois clair finement exécutée et représentant des sujets de chasse dans des motifs d'architecture, ainsi que des groupes de fruits et divers ornements. Il ouvre à deux portes et l'intérieur renferme des tiroirs et des casiers.

218 — Table à huit pieds et à rallonges en noyer. Époque Henri II.

219 — Table italienne en ébène, incrustée d'ornements et de filets d'ivoire, représentant des arabesques et des rosaces.

220 — Coffret Renaissance en bois sculpté, décoré sur la face d'un motif à blason, flanqué de deux dragons ailés, se terminant en rinceaux.

221 — Table carrée de style Renaissance en noyer, à pieds cannelés, reliés par des traverses.

222 — Table en ébène, surmontée de plaques d'ivoire gravé, représentant des sujets bibliques. Travail italien du XVIIe siècle.

223 — Stalle de style Renaissance en noyer sculpté, le dossier composé de deux panneaux à médaillons, bustes d'homme et de femme au milieu d'ornements feuillages; les montants à chapiteaux supportent un entablement avec frise.

224 — Grande crédence de style Renaissance en bois de chêne sculpté. Elle ouvre à deux portes offrant des mascarons dans des enroulements de rinceaux, et contient deux tiroirs ornés de rinceaux.

225 — Crédence Renaissance à pans, composée de panneaux sculptés à cartouches, portiques, mufles de lion et mascaron.

226 — Commode italienne à trois tiroirs, contournée sur la face, en marqueterie de bois à fleurs, avec figures incrustées en ivoire gravé.

227 — Pupitre Louis XIII en bois de palissandre, incrusté de bois et d'ivoire.

228 — Grande stalle à dais, composée de panneaux Renaissance, à bustes, feuillages et enroulements, le dais avec galerie découpée à jour.

229 — Meuble de style Louis XIII, à deux corps et à fronton en noyer, orné de pilastres engagés et cannelés, avec têtes de chérubins à la partie supérieure.

230 — Coffret rectangulaire en chêne sculpté, offrant au pourtour une frise de rinceaux de style Renaissance.

231 — Meuble à deux corps en noyer, à montants cannelés et moulures. Les portes du corps inférieur sont ornées d'un mascaron.

232 — Petit meuble Louis XIII, à deux corps en bois sculpté, à figures, têtes de chérubins, guirlandes et ornements.

233 — Dressoir Henri II, à deux corps et à fond plein, en noyer à moulures, supportés par des colonnes fuselées et cannelées.

234 — Grande table en certosine, à quatre pieds formés de cariatides ailées, reposant sur un croisillon.

235 — Table à dessin en mosaïque de bois, représentant un cavalier terrassant un dragon ailé, dans un médaillon contenant également des motifs d'architecture.

236 — Crédence composée de panneaux d'ornements Renaissance sculptés, avec fond plein, ornée de plissures. Elle ouvre à deux portes et deux tiroirs, et est garnie de ferrures.

237 — Deux grandes portes en bois sculpté, à motifs d'ornements et figures, sculptés en bas-relief. Fin du XVIe siècle.

238 — Piédestal quadrangulaire en bois sculpté, peint en noir et doré en partie, à consoles, volutes, guirlandes et ornements surmontés d'une couronne.

239 — Meuble Henri II, à deux corps en noyer, à pilastres cannelés et moulures.

240 — Crédence du XVIe siècle en bois de noyer, à moulures et à pans coupés.

241 — Banquette à dossier en bois sculpté, à médaillon de figures, rinceaux et accotoirs formés de têtes de lion.

242 — Bahut de style Renaissance, offrant sur la face un panneau sculpté à rinceaux de feuillages et deux montants formés de cariatides.

243 — Très grand revêtement de cheminée monumentale de style Renaissance, en bois sculpté avec panneaux d'ornements, à figures et cartouches, montants de feuillages et encadrements de godrons.

244 — Cabinet italien du XVIIe siècle en bois d'ébène, incrusté de plaques d'ivoire gravé, à sujets mythologiques.

245 — Cabinet italien du XVIe siècle, ouvrant à abattant, garni de tiroirs, décorés de motifs d'ornements sculptés et d'ornements arabesques en marqueterie de bois, monté sur un support à colonnettes torses, reliées par une galerie.

246 — Piédestal carré en chêne sculpté, composé de panneaux gothiques, à nervures et rosaces ogivales, et de plissures.

247 — Table de nuit, genre Renaissance, en noyer sculpté, à montants formés de cariatides et deux portes superposées, représentant en bas-relief des figures mythologiques couchées.

248 — Table de style Henri II en noyer sculpté avec pieds, formés chacun de deux balustres, et ceinture ornée de godrons.

249 — Table de style Renaissance en bois sculpté, sur des supports à cariatides et mascarons, reliés par une arcature.

250 — Stalle Louis XIII, surmontée d'un fronton avec montants, à cariatides d'enfants et écusson armorié appliqué sur le fond.

251 — Cassone du XVIe siècle en bois de noyer marqueté, à cartouches et entrelacs, avec base et montants angulaires, sculptés à feuillages.

252 — Stalle du XVIe siècle en noyer sculpté, à godrons, accotoirs soutenus par deux balustres, dossier orné de pilastres et bas-relief représentant David vainqueur de Goliath.

253 — Porte gothique à moulures, avec trois panneaux de fenestrages à nervures et rosaces ogivales.

254 — Petit meuble en bois sculpté, formant support, orné de panneaux de style Renaissance, à mascaron, cariatides, cartouches et enroulements.

255 — Crédence du XVIe siècle, à pans coupés en noyer, à moulures, supportée sur le devant par deux balustres.

256 — Petite armoire d'applique en chêne, la porte représentant le sujet de Vénus et l'Amour, sculpté en bas-relief. Style Renaissance.

257 — Cabinet espagnol en bois sculpté, à pans coupés. Il ouvre à abattant et est garni de ferrures découpées.

258 — Grand coffre en bois incrusté d'ivoire, travail dit certosine, orné d'une large moulure, de deux cariatides et d'un cartouche en bois sculpté.

259 — Jardinière rectangulaire en marqueterie d'étain et bois noir. Genre Boulle.

260 — Cabinet italien en bois d'ébène, incrusté d'ornements en ivoire simulant six tiroirs.

261 — Table italienne plaquée d'ébène incrusté d'ivoire gravé, les ornements des angles en forme de cœur, pieds chevalets.

262 — Table analogue à la précédente.

263 — Coffret italien en incrustation d'ivoire et d'ébène formant un pavage triangulaire.

264 — Cabinet Louis XIII, plaqué d'écaille rouge, la face simulant dix tiroirs et une porte.

265 — Deux tables carrées formant supports, en bois sculpté de style Louis XIV.

266 — Console Louis XV, à quatre pieds en bois sculpté et doré, formée de branchages et d'ornements rocailles.

267 — Prie-Dieu de style Renaissance, en bois sculpté surmonté d'un fronton.

268 — Table italienne avec pieds à croisillon en bois gravé en creux. XVIIe siècle.

269 — Banquette à dossier en bois sculpté, à ornements de style Renaissance, avec fronton à mufle de lion.

270 — Table style Henri II, en chêne, à huit pieds reposant sur des traverses et arcatures sur les côtés, le bandeau incrusté de plaquettes de bois noir et de filets de bois jaune.

271 — Prie-Dieu de style Renaissance, à montants à pilastres supportant un entablement couronné de vases.

272 — Pendule Louis XIII, à consoles volutes et à fronton en bois noir avec cadran orné d'une peinture.

273 — Petite table à jeu de style Louis XIII, à ceinture à godrons et pieds fuselés reliés par une arcature.

274 — Coffre rectangulaire en hauteur, offrant sur la face quatre panneaux en bois sculpté du temps de Henri IV.

275 — Porte composée de quatre panneaux du XVIe siècle, sculptés à cartouches enroulés.

276 — Beau coffre gothique orné sur la face de sept panneaux sculptés à ogives et de trois sur chacun des côtés.

277 — Devant de coffre gothique offrant quatre panneaux de fenestrages cintrés.

278 — Grande glace cintrée du haut à bordure Louis XIII, en bois sculpté à fleurs.

279 — Grande armoire Louis XIV, cintrée du haut, avec portes sculptées à quadrillages et ornements genre Bérain.

280 — Bureau Louis XIV, en marqueterie de cuivre sur ébène, à huit pieds reliés par des X.

281 — Deux vitrines Louis XIV, incrustées de marqueterie d'étain.

282 — Cabinet italien orné de colonnettes en cristal.

283 — Secrétaire Louis XVI, à pans coupés et cannelés en acajou à dessus de marbre.

284 — Deux encoignures Louis XIV, en bois de palissandre, ornées de bronzes et à dessus de marbre.

285 — Commode Louis XIII, à trois tiroirs en bois marqueté à ornements et filets et garnie de poignées en bronze.

286 — Deux encoignures Louis XVI, ouvrant à deux portes, en acajou à dessus de marbre.

287 — Deux petits supports à trépied en bois de noyer.

288 — Table de nuit Louis XV, en bois de rose avec tablettes en marbre blanc.

289 — Table de nuit analogue à la précédente, fermant à deux portes.

290 — Petit secrétaire Louis XIII, à dos d'âne et ouvrant à une porte.

PARAVENTS

291 — Grand paravent à cinq feuilles en cuir mordoré et peint, à sujets chinois.

292 — Paravent à trois feuilles en satin appliqué de branches de fleurs brodées en relief en soie de couleurs.

293 — Très grand paravent à huit feuilles en cuir de Cordoue, décoré de peintures à sujets chinois.

294 — Petit paravent à quatre feuilles en satin noir, enrichi de broderies en relief et en couleurs à figures, buissons de fleurs et oiseaux.

BOIS DORÉS

295 — Console Louis XVI, à pieds formés de volutes et ceinture ornée de rosace en bois sculpté et doré.

296 — Console Louis XV, en bois doré, composée d'ornements rocaille.

297 — Grande console à dessus de marbre et glace à figures d'enfants et ornements rocailles.

298 — Bois de lit de style Louis XVI, à panneaux ovales sculptés à godrons et volutes, et doré.

299 — Bois de lit Louis XVI, sculpté à enroulements, oves et rosaces, et doré.

300 — Bois de lit de style Louis XVI, forme carrée, sculpté à rubans et perles, montants surmontés de vases.

301 — Bois de lit de style Louis XVI, à colonnes cannelées, sculpté à feuilles d'acanthe et doré.

302 — Grande console du temps de Louis XIV, en bois sculpté et doré, à quatre pieds triangulaires richement ornés et reliés par un entre-jambes. Dessin de marbre vert de mer.

303 — Console de style Louis XVI, demi-ronde, en bois sculpté et doré, avec frise de rinceaux ajourés et pieds à feuillages reliés par un vase.

304 — Deux colonnes cannelées, avec chapiteaux ioniques en bois peint en noir et doré.

305 — Deux colonnes torses du temps de Louis XIII, en bois sculpté, peint et doré, à branches de vignes et raisins, surmontées de chapiteaux.

306 — Deux colonnes torses du temps de Louis XIII, en bois sculpté à branches de vigne et raisins, avec chapiteaux corinthiens.

307 — Deux colonnes torses du temps de Louis XIII, en bois sculpté et doré, entourées de pampres et surmontées de chapiteaux corinthiens.

308 — Miroir Louis XIV, à encadrement de forme contournée en marqueterie de cuivre et d'écaille.

309 — Deux miroirs du temps de Louis XIV, à encadrements de forme contournée en bois sculpté et doré, décorés de cariatides soulevant les draperies d'un dais soutenu par un groupe d'amours.

310 — Deux torchères Louis XIII, en bois sculpté et doré, forme de balustre, décorées de feuillages et de godrons.

311 — Jardinière du temps de Louis XVI, en bois sculpté et doré, formée d'un trépied supportant une cassolette.

312 — Deux candélabres en bois sculpté et doré, formés de vases montés sur trépieds et supportant dix-huit lumières.

313 — Cadre Louis XIII, d'aspect monumental, en bois noir sculpté à bossages, mascarons et moulures guillochées.

SIÈGES

314 — Fauteuil à X du XVIe siècle, orné de mufles de lion et couvert en velours rouge.

315 — Quatre fauteuils à X de même style.

316 — Quatre chaises de style Louis XIII, garnies en cuir gaufré et cloutées de cuivre.

317 — Quatre fauteuils Louis XIII, en bois de noyer tourné et couverts en tapisserie à la main.

318-319 — Deux chaises de style Louis XIII, entièrement recouvertes de velours rouge, ornées d'une fleur de lis en broderie d'or.

320 — Deux chaises de style Louis XIII, en bois sculpté, garnies de cuir fond rouge décoré de dorures.

321 — Deux fauteuils à X en bois noir incrusté d'ivoire gravé à médaillons, ornements et branches de fleurs.

322 — Chaise portugaise en bois sculpté, garnie de cuir gaufré et ciselé et cloutée de cuivre.

323 — Chaise portugaise analogue à la précédente.

324 — Quatre chaises portugaises en bois sculpté, garnies, siège et dossier, de cuir gaufré à figures et ornements sur fond doré.

325 — Meuble de salon du temps de Louis XV, en bois sculpté peint en blanc et garni de cretonne à fond rouge, composé d'un canapé, quatre fauteuils et six chaises.

326 — Fauteuil à X en incrustation d'ivoire dite certosine.

327 — Fauteuil analogue au précédent.

328 — Tabouret à X du temps de Louis XVI, en bois sculpté et peint en blanc, à rubans, piastres et feuillages.

TAPIS DE PERSE

329 — Grand tapis ancien de la Perse, à fond velouté. Très riche dessin en jaune, bleu et rouge.

TABLEAUX

BOUCHER

(D'après)

33o — Belle décoration représentant des sujets champêtres dans des encadrements peints.

Elle est composée de cinq grands panneaux : les Bergers, la Leçon de flageolet, les Oiseleurs, la Pêche, le Galant Berger.
De deux panneaux d'entre-deux et de deux dessus de portes.
Ces toiles seraient des modèles de tapisseries exécutés pour la manufacture de Beauvais.

BOUCHER

(École de)

331 — Trois trumeaux, jeux d'enfants.
Peintures en grisaille.

DROUAIS

(Genre de)

332 — *Portrait de femme.*

DUPRÉ

(Attribué à JULES)

333 — *Paysage avec mare.*

Pastel.

GAULT DE SAINT-GERMAIN

334 — *Portrait d'un artiste peintre.*

GIORDANO

(Genre de)

335 — *Jeux d'enfants.*

Peinture de forme ovale.

LORRAIN

(École de CLAUDE)

336 — *Port de mer.*

MONNOYER

(Genre de)

337 — Deux tableaux décoratifs : Vases de fleurs et figures d'enfants.

NATTIER

(Attribué à)

338 — *Portrait d'un officier.*

A mi-jambes, revêtu de la cuirasse, la main droite appuyée sur la hanche, l'autre sur son casque, posé sur une console de pierre.

ROOS DE TIVOLI

339 — *Bestiaux dans un paysage.*

ROBERT

(Genre de H.)

340 — *Un Aqueduc.*

RUBENS

(École de)

341 — *Portrait d'homme, en buste.*

SAUVAGE

(Attribué à)

342 — Deux dessus de portes.

Amours soutenant un médaillon à buste de femme
Peintures en grisaille.

VALLAYER-COSTER

(Attribué à Mme)

343 — Vases de fleurs et attributs.

Deux pendants.

PANINI

344 — Place de ville, avec palais à colonnades d'une riche architecture, animée de figures.

CRIVELLONE

345 — *Trophées de chasse.*

Oiseaux morts.

Deux pendants.

MARCO DI FIORI

346 — Deux dessus de portes : Fleurs et fruits.

ÉCOLE FRANÇAISE

(XVIIIe siècle)

347 — Portraits de deux jeunes femmes, en costume Louis XV.

L'une en robe rose, l'autre en robe jaune, garnie de dentelles.

ÉCOLE HOLLANDAISE

348 — *Nature morte.*

Chaudrons, fruits et légumes sur une table.

ÉCOLE ITALIENNE

349 — Grand dessus de porte : Cupidon et trois Amours.

ÉCOLE ITALIENNE

(XVIe siècle)

350 — *Portrait d'un artiste peintre.*

A mi-corps, collerette de guipure et coiffé d'une toque ornée de plumes.

ÉCOLE ITALIENNE

351 — *Jesus chassant les vendeurs du Temple.*

352 — Les tableaux non catalogués.

www.ingramcontent.com/pod-product-compliance
Ingram Content Group UK Ltd.
Pitfield, Milton Keynes, MK11 3LW, UK
UKHW021523260726
13993UKWH00004B/1847